AF246058

L'HOMME

AU

PETIT CHAPEAU.

PARIS,

CHEZ TOUS LES MARCHANDS DE NOUVEAUTÉS.

1821.

L'HOMME

AU

PETIT CHAPEAU.

En ce temps-là existait un pays floris-sant, gouverné par un roi ami vrai de son peuple ; respecté et chéri, ce prince généreux devait finir ses jours sur un trône auquel ses seules vertus donnaient de l'éclat, quand une nation voisine, jalouse et rivale, par des menées sourdes, conjura sa perte.

Depuis cinquante ans et plus, l'horison politique semblait s'obscurcir dans ce pays des fées, un orage affreux le menaçait de son débordement funeste. Depuis long-temps déjà, le clergé ne voyait plus de patrie que dans Rome ; la noblesse avilie, le front courbé sous le joug du luxe et de la débauche, n'était plus la principale colonne du trône menacé. Les volcans de cabinet commençaient à fumer, déjà, les cris de liberté se font entendre du nord au midi de cette belle contrée ; le signal de la révolte est donné dans l'ombre, elle éclate, l'hydre du despotisme tombe enfin avec cette Bastille, où 60 ans auparavant, il avait enchaîné le plus beau, le plus grand génie de son siècle.

En même temps que les fondemens de la liberté sont jetés, ils sont détruits par ceux-mêmes qui la proclament. Une foule de scélérats et de malheureux égarés violent, au nom de tout un peuple, et les droits et les devoirs les plus saints, tout est renversé ! lois, religion, morale, convenances sociales ; le trône s'écroule devant la puissance de cette foule encore tremblante et craintive, et surprise des suites de son audace. La noblesse abandonne le plus juste des Rois, ne fait rien pour le sauver du glaive sacrilége qui va le frapper, et le tirer du péril inévitable où l'arrogance, l'avarice et l'intrigue l'ont précipité.

Après de longues et douloureuses cala-
mités, la tête du chef des bourreaux tombe à son tour. Ce monstre, vomi par les
enfers, finit son indigne vie sous le fer qui
moissonnait les victimes de son ambition
et de son faux zèle. Du coup dont il frappe
tout, il est atteint lui-même ! Son gouvernement sanguinaire est remplacé par
un gouvernement démagogue sans force,
sans désir du bien, sans crédit au-dedans,
sans appui au-dehors, et dont les princi-
paux ressorts sont l'intrigue et la rapacité.
Mais jetons vite un voile épais sur ces ta-
bleaux hideux qu'offre une révolution
dont les motifs sont si grands et les résul-
tats, si malheureux ! Sur tant de crimes
commis, dont on voudrait, en quelque
sorte, rendre responsable aujourd'hni la
masse de cette nation.

On était incertain, dans ce beau pays
désolé par des factieux, de ce qu'on de-
viendrait. Le riche tremblait pour une
fortune qu'on lui demandait en détail ; le
pauvre, sans travaux et sans pain, était
prêt à servir une seconde fois d'instrument

révolutionnaire, lorsque tout-à-coup paraît un génie sous la forme d'un guerrier dont les talens, le courage et la renommée ont devancé les années. Son maintien est simple comme son éloquence est forte, son œil perçant semble lire au fond des âmes, ses habits sont modestes, mais il est surtout remarquable par un petit chapeau qu'il place sur son front élevé, son air est sévère, sa voix est martiale, et son ton est absolu, sa taille n'a pas la hauteur du cédre du Liban, elle est ordinaire pour ne pas dire médiocre, cependant elle se laisse distinguer parmi la foule des héros qui l'entourent.

Ce génie surprenant et immortel avait des frères, ainsi que lui, ils obtiennent tous des emplois modestes dans l'armée et dans l'administration des affaires de l'état. Tels furent les commencemens de cette famille de rois, qui, dans le cours de quelques années, allait étonner le monde par son élévation, le remplir de sa renommée, et donner par sa chute, un grand exemple à ceux des souverains qui auraient formé le projet insensé d'affermir leurs trônes sur des bases plus solides que la liberté des peuples, et le respect de leurs droits.

Le siége d'une des principales cités de ce pays naguère si florissant, signale les premiers faits d'armes de l'homme au petit chapeau dont les talens et la gloire naissante, portaient déjà de l'ombrage dans les rangs où sa valeur s'était signalée. La terre où naquit Virgile devient le théâtre fameux de ses exploits, l'Orient, malgré ses sables arides et brulans, est soumis au pouvoir des armes de l'homme au petit chapeau, mais informé que le pays qui est devenu sa patrie est dans la plus déplorable situation, qu'il est déchiré par la discorde, tiraillé par l'intrigue et presque anéanti par des guerres sans succès et sans gloire, il reparait escorté de la victoire qui avait déserté ces bannières chéries pour suivre en Afrique le génie régénérateur. Son arrivée disperse les factieux, le gouvernement chancelant s'affermit sous sa main protectrice, il n'en saisit les rênes que pour élever et placer sa patrie au premier rang, les arts et la gloire se plaisent à couronner son ouvrage. L'homme au petit chapeau est heureux, admiré, respecté; son nom, qu'on ne trouve nulle part, occupe toutes les cours qui redoutent sa puissance.

Si de nos jours un homme des premiers siècles revenait sur la terre, et qu'à la vue de tant de merveilles, de tant de travaux, de tant de conquêtes, il demandât combien de règnes glorieux, de siècles de paix il a fallu pour les produire, on pourrait lui répondre, sans trahir l'auguste vérité : un seul homme, un génie, et douze ans de guerre ont suffi. Une fois la puissance de l'homme au petit chapeau bien affermie, les plus fiers, les plus farouches républicains devinrent ses plus zélés admirateurs. On veut des honneurs, on le chante; pour avoir des titres, on le flatte; les plus ardens révolutionnaires sont les premiers à parler de couronne et de trône que leurs mains profanes avaient détruis, que leurs bras sanglans avaient renversés.

Cependant plus l'adulation, la basse

flatterie; plus la fortune et la victoire veulent élever l'homme au petit chapeau, plus elles semblent préparer sa chute. Au moment où il compte sur la fortune, lasse de lui prodiguer ses dons, elle l'abandonne, la victoire qu'il a si vaillamment servie le trahit; il est bientôt forcé de renoncer à uu trône dont lui seul a jeté la base qui croule sous ses pas.

L'homme au petit chapeau est encore plus admirable dans l'adversité, qu'au sein des succés et du faste qui l'environnaient; plus le malheur l'accable, plus il déploye de courage et montre de fermeté; il n'est qu'un instant ébranlé des maux qui tombent sur lui tous à la fois.

Obligé de plier sous la main des circonstances, il adresse à ses soldats éplorés les paroles les plus grandes, et qui doivent orner à jamais les pages de l'histoire; sa résignation est noble, elle a quelque chose d'auguste; il embrasse avec transport l'image de l'oiseau des cieux dont il a surmonté son étendard; il se fait entourer pour la dernière fois de tous ses dignes compagnons d'armes ; que ses adieux sont touchans ! Comme ils expriment des sentimens vrais, ah! qu'ils sont bien le langage du cœur ! Le héros de la patrie quitte un trône, des richesses, pour aller vivre en soldat au sein d'une île et suivi de quelques amis fidèles.

Pendant son absence, ceux qui ont célébré à l'envi le mariage de l'homme au au petit chapeau, et qui ont chanté la naissance d'un fils chéri, ceux qui, à une époque connue, disaient : grâces ! grâces soient rendues au plus grand des guerriers, au plus adroit politique, pour les dons magiques qui éternisent son règne et la nation ! changent, quand ils croyent son retour impossible, la calomnie jette sur lui son odieux venin. Ils cherchent à anéantir une gloire acquise en vingt années ! Mais demandez leur le motif de ce changement? et pourquoi, de républicains qu'ils étaient, ils sont devenus tout-à-coup les plus vils esclaves d'un empereur ? puis ses détracteurs les plus redoutables, et enfin, les partisans exagérés de l'ancienne dynastie, ces hommes dont l'opinion est l'intérêt, vous répondront froidement et sans rougir : qu'ils se sont trompés, et que revenus de leur longue erreur, ils ne veulent plus servir que la bonne cause.

Cependant leur première idole reparaît, l'ombre de son petit chapeau amène un nouveau système d'opinion. On craint de perdre une fortune mal assise et plus mal acquise, ou des titres que l'on doit à l'intrigue et à la bassesse; on rallume les feux sacrés, l'encens brûle et s'élève devant le héros, la louange pleut de toutes parts, comme Henri, l'homme au petit chapeau ne se laisse pas dominer par son ressentiment justifié, l'esprit de vengeance ne marque point son retour, il se conduit avec ceux qui lui ont fait le plus de mal, non en ennemi, mais en souverain.

Mais l'oiseau de Jupiter, qui fièrement venait de relever sa tête altière, est abattu pour jamais! Le héros qui l'avait vu tant de fois vainqueur dans les champs du carnage, est obligé de fuir; dès qu'on le sait dans l'exil, et relégué sur la pointe d'un roc éternel, à deux mille lieues et plus du théâtre de sa prospérité et de sa grandeur, les pantins politiques se battent les flancs pour briser leur idole et ternir sa gloire; ils font plus, ils poussent l'ingratitude jusqu'à faire courir des écrits diffamans que, dans leur zèle hypocrite, les gens à métier, donnent pour interprêtes de l'opinion publique; et sous les croisées d'un palais où jadis, ils importunaient l'homme au petit chapeau de leurs cris funestes, tous ces paillasses de la restauration, vont avec les mêmes démonstrations, le même enthousiasme, crier, vive le Roi! et le bonnet de sang dans la poche, la décoration d'un Roi pieux à la boutonnière, on les voit assiéger de nouveau les issues du trône, y attendre et mendier des titres en vantant leur honneur et leur dévouement.

O terre! tu ne t'entr'ouvres pas sous les pieds de tels hommes!

Proscrit, mais confiant dans la noblesse du caractère de ses ennemis, l'homme au petit chapeau, court chercher un asyle dans leur sein; il demande une patrie nouvelle; mais foulant aux pieds le respect qu'on doit au malheur, et méprisant les lois saintes de l'hospitalité, une prison éternelle devient sa dernière demeure, on l'y traîne... monté sur l'esquif léger qui le transporte et que fait glisser rapidement sur l'onde en fureur, un vent favorable à ses ennemis parjures; l'homme au petit chapeau regarde encore sa patrie, qui n'est plus, pour ses yeux humides, qu'un horizon sensible; il étend les bras, et pour la dernière fois, salue la terre des braves.

Dans le séjour mal sain qui dérobe à toute la terre, celui qui en fit si long-temps l'admiration; le chagrin, l'inactivité et des souvenirs déchirans minent ses jours; les restes de sa vie sont languissans; son énergie cesse avec ses forces, son feu s'éteint; et tout à coup surpris par les angoisses d'une maladie douloureuse, privé, contre tous les droits des gens, des consolations conjugales et d'innocentes caresses, il finit!! Il n'a plus qu'une pensée, elle est pour son armée, qu'un soupir, il est pour la patrie ingrate qui ne réclame point les cendres du héros qui l'immortalisa.

Non, cette patrie que les mânes de l'homme au petit chapeau semblent accuser déjà, ne commettra point cet acte impie et d'ingratitude. Elle ne peut oublier que pendant quinze années, elle compta ses jours par ses victoires; elle se rappellera que ce petit chapeau, comme le panache d'un Prince, ralliait les preux au milieu des phalanges ennemies; elle sait aussi que l'homme au petit chapeau consolidait toujours par des traités glorieux les conquêtes dues à sa tactique savante et magique, et que, dédaignant la route tracée jusqu'alors, il voulait que le peuple qui les avait achetées de son sang, en restât possesseur; elle oubliera encore moins que les restes mortels de son plus grand capitaine, de son législateur, déposés auprès d'une cabane, sur un roc africain, lui appartiennent; qu'ils sont sa propriété exclusive. Elle les redemandera à ceux pour qui ils sont sans prix; elle engagera ses nobles représentans de solliciter de

porter au pied du trône d'un Roi bon et
ami de la reconnaissance, les justes motifs de sa réclamation.

FIN.

DE L'IMPRIMERIE DE CONSTANT-CHANTPIE.
Rue Sainte-Anne, n° 20.